LUTÈCE

OU

LES VŒUX DE PARIS,

SUR

L'ABSENCE ET LES TRIOMPHES

DE NAPOLÉON;

INTERMÈDE LYRIQUE,

Présenté au Jury de l'Académie Impériale
de Musique, le 5 Mai 1807 ;

Par M. REGNARD DE LATOURNELLE.

. . . . Vultus ubi tuus
Affulsit populo, gratior it dies.
Hor. Ode 5 , liv. 4.

PERSONNAGES.

LUTÈCE, Déesse de la Seine.

LE GRAND PRÉTRE.

Un MINISTRE du Palais.

MERCURE, Messager de Jupiter.

Un Officier-général de l'armée.

Chœur de Nymphes.

Chœur de Lévites.

Corps de Vélites.

AVIS PRÉLIMINAIRE.

LA présence de S. M., la paix avec la Russie et la Prusse, le titre seul de cet ouvrage annoncent assez qu'il n'a pas été composé pour la circonstance actuelle. (*) Cependant plusieurs des idées, des expressions qu'il renferme, s'identifient tellement avec les chants de triomphe dont retentit en ce moment la capitale, que l'auteur s'est déterminé à le livrer à l'impression.

C'est au mois de janvier, immédiatement après la première défaite des Russes, que cet Intermède fut présenté à l'Académie Impériale de Musique. La lecture en fut retardée jusqu'au 5 mai ; il ne fut pas représenté.

A cette époque, la grande armée venait de remporter de nouvelles victoires ; on desirait ardemment le retour de l'Empereur ; on faisait une nouvelle levée de conscrits.

L'auteur a voulu célébrer ces victoires, motiver la prolongation de la guerre, exciter les jeunes conscrits a s'élancer avec héroïsme dans les rangs de la grande armée.

____

(1) Le 15 août 1807, jour de la fête de NAPOLÉON-LE-GRAND.

C'est au lecteur à juger s'il a rempli le but qu'il s'était proposé.

Cette pièce, à la vérité, n'offre pas l'action tréâtrale qui constitue les opéras ou les pièces de théâtre ordinaires. Aussi n'est-elle donnée que comme *Intermède*. Peut-être, mise en scène, accompagnée de toute la pompe, de toute la richesse théâtrale, sa représentation n'aurait-elle pas moins produit, dans l'âme des spectateurs, des impressions aussi utiles qu'agréables.

Ce ne sont pas, au surplus, les règles de l'art qu'il faut consulter pour apprécier ce petit ouvrage. Sans doute il est loin de la perfection et même de la régularité dramatique; mais si l'indulgence du lecteur se reporte aux circonstances qui l'ont vu naître, si l'intention de l'auteur entre pour quelque chose dans la balance, peut-être oubliera-t-on les défauts de l'ouvrage pour partager les sentimens qui l'ont dicté, et applaudir du moins au mérite d'avoir, dès le mois de janvier, prévu et célébré les événemens glorieux qui font aujourd'hui résonner tant de lyres, étonnent l'Europe et commandent l'admiration de l'Univers.

LUTÈCE

OU

LES VŒUX DE PARIS.

Le théâtre représente le jardin des Tuileries et le palais de Lutèce. La scène est sur la terrasse du pavillon de Flore : dans le fonds, la perspective de la rue de Rivoli.

SCÈNE PREMIÈRE.

LUTÈCE, LE GRAND-PRÊTRE, CHŒUR DE NYMPHES ET DE LÉVITES.

LUTÈCE.

Jeune héros que l'univers admire,
 Unique objet de mon amour ;
 Libérateur de cet Empire,
  O toi dont je desire
 Depuis si long-tems le retour ;
Jusques à quand sur de lointaines rives

Verrai-je se fixer tes pas ?
Quand donc reviendras-tu , fatigué des combats ,
Consoler mes nymphes plaintives ?

LE GRAND-PRÊTRE.

Respectons ses projets , admirons son pouvoir ;
Des Dieux il accomplit la volonté suprême ;
Et la guerre pour lui n'est qu'un triste devoir
Qui lui coûte autant qu'à vous-même.

LE CHŒUR.

Respectons ses projets, admirons son pouvoir ;
Des Dieux il accomplit la volonté suprême ;
Et la guerre pour lui n'est qu'un triste devoir
Qui lui coûte autant qu'à vous-même.

LUTÈCE.

S'il est touché de nos besoins ,
Quel motif loin de nous l'arrête donc encore ?
Ne sommes nous donc plus l'objet de tous ses soins ?
Est-ce envain que Paris l'implore ?

LE GRAND-PRÊTRE , *vivement à Lutèce.*

Et qui de nous pourrait douter de son amour ?
Avec quelle constance , à nos vœux attentive ,
Sa grande âme toujours active
Veille aux besoins de chaque jour !
Vit-on jamais plus d'industrie
Étaler à nos yeux ses immenses trésors ?
Jamais le Dieu de l'harmonie
Fit-il entendre sur ces bords
Une plus douce mélodie ?
Qui mérite mieux d'être aimé ?
Où trouver pour la France un bras plus tutélaire ?
Tel que l'astre brillant qui féconde la terre ,
Son génie a tout ranimé ,
Et sa valeur a désarmé
Les Titans orgueilleux qui nous faisaient la guerre.

Du sein des camps, du champ d'honneur,
Napoléon prévient, dissipe nos alarmes :
Ah ! si sa main plutôt ne quitte pas les armes,
Ce n'est que pour notre bonheur.

Lutèce.

Les rives de l'Oder devaient borner sa course !
Où vois-je maintenant flotter ses étendards ?
Veut-il unir l'abeille à l'aigle des Césars
Et du Nil remontant la source,
Rassembler sous ses lois tous les peuples épars
Depuis l'Indus jusqu'aux climats de l'Ourse ?
Ah ! je n'espère pas de sitôt le revoir ;
Bellone a pour lui trop de charmes :
Sur un cœur dominé par la gloire des armes,
L'Amour a perdu son pouvoir.

Le Chœur.

Il reviendra bientôt couronner votre espoir.

Lutèce.

Bellone a pour lui trop de charmes.

Le Chœur.

Elle a pour lui bien moins de charmes.
Que le suppose votre cœur :
Quand Napoléon prend les armes,
Ce n'est que pour notre bonheur.

Le Grand-prêtre, *vivement à Lutèce.*

De l'ambitieuse Tamise,
Voudriez-vous subir la loi ?
Devant l'ennemi du grand Roi
Qui de nous courberait une tête soumise ?
Et la Seine oubliant sa propre dignité,
Au mépris de ses droits esclave volontaire,
Deviendrait-elle tributaire
Des tyrans de l'humanité ?

LUTÈCE.

De la rivale qui me brave,
Je ne veux pas être l'esclave,
Non, non ; plutôt, plutôt mourir ;
Que de jamais à ce point m'avilir....
Mais à mon cœur que la paix serait chère !...
Je reverrais l'objet de mes desirs !...
N'est-ce pas de tous les plaisirs
Celui que Lutèce préfère ?...

LE GRAND-PRÊTRE.

Il reviendra bientôt couronner votre espoir.

LUTÈCE.

Non, je n'espère pas de sitôt le revoir.
Bellone a pour lui trop de charmes ;
Sur un cœur dominé par la gloire des armes,
L'Amour a perdu son pouvoir.

LE CHŒUR.

Il reviendra bientôt couronner votre espoir.

LUTÈCE.

Bellone a pour lui trop de charmes.

LE CHŒUR.

Ah ! Bellone pour lui n'a pas autant de charmes
Que le suppose votre cœur :
Quand NAPOLÉON prend les armes,
Ce n'est que pour notre bonheur.

LUTÈCE....

INVOCATION.

« O souverain des cieux, entends ma voix plaintive ;
» Ah ! prends pitié de ma douleur :
» Tu vois que mon onde captive
» Ne connaît plus que le malheur.

» Des exploits du héros pour qui mon cœur soupire,

    » Ce cœur brûlant est enivré ;

    » Ah ! qui plus que Lutèce admire

    » Le grand Roi partout admiré !

» Mais tu sais que sans lui rien ici ne respire,

» Daignes, par son retour, daignes sécher nos pleurs :

    » A son aspect on verrait tout sourire ;

    » Nos champs reprendraient leurs couleurs,

» L'abondance, les jeux, les plaisirs et les fleurs,

    » Tout renaîtrait dans notre empire.

Le Chœur.

» O souverain des cieux, daignes sécher nos pleurs,

» Hâtes donc le retour que notre cœur desire :

» A l'aspect du grand Roi, l'on verra tout sourire,

    » Nos champs reprendront leurs couleurs ;

» L'abondance, les jeux, les plaisirs et les fleurs,

    » Tout renaîtra dans notre empire.

Le Grand-Prêtre.

En attendant cet heureux jour

Livrons-nous à l'espoir qui reste à notre amour.

(Une douce et majestueuse symphonie se fait entendre.)

BALLET.

SCÈNE II.

LES PRÉCÉDENS, MERCURE.

(Le ballet est interrompu par l'éclair et la foudre. Grands bruits de tonnerre. Musique sombre et majestueuse. Mercure descend dans un nuage. Mouvemens de crainte dans dans le chœur des Nymphes et Lévites. Tous se rangent dans un côté de la scène. Mercure ne quitte pas son globe. A une hauteur convenable pour être entendu, il annonce les décrets de Jupiter.)

MERCURE.

Lutèce, habitans de la Seine,
Jupiter a reçu vos vœux :
De sa volonté souveraine,
Voici l'arrêt impérieux :

(Mouvemens de crainte et d'espoir : le tonnerre et l'éclair redoublent.... Silence majestueux. Mercure continue :)

Du héros que votre cœur adore,
Chérissez le règne fortuné :
C'est le ciel qui vous l'a donné ;
Mais sur d'autres peuples encore
A régner il est destiné.
Depuis trop long-tems de la terre,
La cruelle Alecton déchire les lambeaux ;
C'est pour éteindre ses flambeaux
Que le grand Empereur est armé du tonnerre.
Que les nations à sa voix
Prêtent une oreille soumise ;
C'est lui qui désormais fait ou défait les Rois,
Et son glaive vengeur punira la Tamise,

Plus prompte que l'éclair, plus forte que les flots,
On verra briller sa puissance ;
Il saura d'Albion déjouer les complots,
Et forcer les méchans à son obéissance ;
Votre bonheur sera le prix de ses succès,
Il soumettra la terre et l'onde ;
C'est à l'Empereur des Français
Qu'appartient l'empire du monde.

(*Éclairs et coups de tonnerre. Mouvemens du Chœur.*)

LUTÈCE.

Aux décrets du maître des Dieux,
La France avec respect soumet sa destinée ;
Mais quand donc verrons-nous Tisiphone enchaînée,
Et le grand Roi de retour en ces lieux ?

LE CHŒUR.

Et le grand Roi de retour en ces lieux....

(*Éclairs et coups de tonnerre.*)

MERCURE.

Cet heureux jour va bientôt luire,
Rien ne peut arrêter son char victorieux :
Mais avant tout il faut détruire
Les Léopards ambitieux.
Secondez son ardeur guerrière,
La Victoire partout marchera devant lui ;
Rien ne résiste à la bannière
Dont Minerve et Mars sont l'appui.
Au lieu d'accuser son absence,
Qu'à ses vastes projets tout prête obéissance.
La Gloire vous invite à de nouveaux efforts ;
Et pour prix de votre courage,
De la grande cité quel sera l'avantage !...
C'est dans son sein que tous les ports
Verseront les trésors
Du Nil, de l'Arabie et de l'Inde et du Tage.

Jupiter ainsi l'a voulu,
Exécutez sa loi suprême;
Votre bonheur est résolu,
Il ne dépend que de vous même.
(*Les éclairs et le tonnerre recommencent. Mercure remonte dans les Cieux.*)

SCÈNE III.

LES PRÉCÉDENS, *excepté* MERCURE.

LE GRAND-PRÊTRE.

Du céleste décret qui nous est révélé,
Exécutons l'ordre propice:
Quand le Roi des Cieux a parlé,
Il faut que la Terre obéisse.

LE CHŒUR.

Du céleste décret qui nous est révélé
Exécutons l'ordre propice:
Quand le Roi des Cieux a parlé,
Il faut que la Terre obéisse.

LUTÈCE.

Eh bien! mon cœur s'en impose la loi,
Poursuis, jeune héros, ta brillante carrière:
Que les soupirs lancés vers toi
N'en ferment jamais la barrière.
Oui, je desire ton retour,
Mais je préfère encor ta gloire;
Et l'honneur fait taire l'amour
Pour applaudir à la victoire.
Au-delà des monts et des mers,
Mes vœux suivront ton char rapide;
Fais le bonheur de l'univers,
Tes lauriers seront mon égide.

(13)

LE CHŒUR.

Au-delà des monts et des mers,
Nos vœux suivront ton char rapide :
Fais le bonheur de l'univers,
Tes lauriers seront notre égide.
(*Reprise et continuation du Ballet.*)

SCÈNE IV.

LES PRÉCÉDENS, **LE MINISTRE, OFFICIERS**
ET GARDES DU **PALAIS.**

(*Interruption du Ballet : arrivée d'un Ministre, suivi*
d'Officiers et Gardes du Palais. Le théâtre se trans-
forme en un vaste salon, décoré de tous les attributs de
la puissance impériale. Des drapeaux pris à l'ennemi
sont suspendus à ses colonnes.)

LE MINISTRE.

Reine, bientôt vos vœux seront remplis :
Sur l'aîle de la gloire,
Le vainqueur d'Austerlitz
Vole de victoire en victoire.
(*On se groupe autour de lui pour entendre le récit des*
nouvelles.)

RÉCITATIF.

Sept jours nous ont donné Berlin ;
Apprenez bien d'autres merveilles :
Avec des victoires pareilles,
Reste-t-on en si beau chemin ?
Au vainqueur de tous les obstacles,
Quel peuple pourrait résister ?
Lubeck, Stettin, Posen, Torn ont vu ses miracles ;

(14)

Napoléon sait tout dompter:
Du grand Sobiesky la cendre se réveille ;
Sous un triple joug opprimés ,
A la voix des Français, en leur faveur armés ,
Ses neveux ont prêté l'oreille.
Varsovie est à nous : de ses braves enfans ,
L'antique valeur nous seconde ;
Partout nos drapeaux triomphans
Précèdent le héros libérateur du monde.
Déjà les Barbares du Nord
Rentrent dans leurs tannières sombres ,
Et de leurs bataillons qu'a dispersés la mort,
Il ne reste plus que les ombres.
Tels qu'au matin à l'aspect du soleil,
On voit les brouillards disparaître ,
Tels , à l'aspect du héros sans pareil,
Nos ennemis cesseront d'être.

LE CHŒUR.

Vive Napoléon ! vive le Roi des Rois !
Vivent les braves de la France !
Ils ont comblé notre espérance ;
Rien n'est égal à leurs exploits.

LE MINISTRE.

Mais ce n'est pas assez qu'aux champs de Varsovie ,
La gloire ait planté nos drapeaux :
Les plaines de la Moscovie
Nous offrent des lauriers nouveaux.
Ni l'aquilon fougueux , ni les eaux, ni la glace,
Rien du grand Roi ne rallentit les pas ;
Guillaume a perdu ses états,
Et la foudre a puni sa téméraire audace.

LE CHŒUR.

Vive Napoléon ! vive le Roi des Rois !
Vivent les braves de la France !

Ils ont comblé notre espérance,
Rien n'est égal à leurs exploits.

LE MINISTRE.

Honteux de leur défaite et brûlant de vengeance,
Les enfans de Moscow nous menacent encor;
Mais l'aigle d'Austerlitz a repris son essor,
Et bientôt s'éteindra leur aveugle espérance.
Qui pourrait arrêter son char triomphateur?
Du Rhin à la Nerwa, de l'Elbe à la Vistule,
Tout retentit de sa valeur,
Et Pétersbourg même calcule
L'instant où dans ses murs paraîtra son vainqueur.

LUTÈCE.

Reviendra-t-il bientôt, le héros que j'adore?

LE MINISTRE.

Il nous en a donné l'espoir;
Mais l'honneur le retient encore;
Tant que l'onde sera sous le joug qu'elle abhorre,
La guerre est pour nous un devoir.
A son secours la Perse nous appelle;
L'Orient indigné s'unit à nos drapeaux,
Et contre le tyran des eaux,
Le Croissant de l'Europe épouse la querelle.
NAPOLÉON n'use de ses succès
Que pour offrir l'olivier à la terre;
Mais l'ennemi du nom Français,
A sa voix, ne répond que par un cri de guerre.
Du perfide tyran des mers,
Il faut donc réprimer l'audace:
De son joug l'univers se lasse,
Il faut en venger l'univers.

LE CHŒUR.

Du joug dont l'univers se lasse,
Oui, les Français vengeront l'univers.

LE GRAND-PRÊTRE.

Français, un saint transport m'anime,
Ce jour est le plus beau qui pour la France a lui :
Que tout ce que les arts ont de plus magnanime,
  Dans nos concerts brille aujourd'hui.
  Par des fêtes, par des cantiques,
  Célébrons notre bienfaiteur ;
Et de nos temples saints que les voûtes antiques
Retentissent du nom de leur libérateur.

  Chantons aussi l'auguste JOSÉPHINE,
Nos cœurs lui sont voués comme à NAPOLÉON :
Que Pindare pour eux, au luth d'Anacréon,
  Unisse sa lyre divine.

UN LÉVITE ET UNE NYMPHE.

AIR :

  A leurs vertus, à leurs bienfaits,
  Que chaque peuple rende hommage :
  Des dieux qui vengent les forfaits,
  Ils sont la plus fidelle image.
  Du bonheur promis aux humains,
  Tous deux sont la source féconde ;
  Et la foudre n'est dans leurs mains,
  Que pour donner la paix au monde.

  L'Europe attendait un vengeur,
  NAPOLÉON sèche ses larmes :
  C'est plus en père qu'en vainqueur
  Que si loin il porte ses armes.
  Partout, à la fois, de César
  Les bienfaits ne peuvent s'étendre ;
  Mais JOSÉPHINE suit son char, (1)
  Et sa main l'aide à les répandre.

---

(1) On se rappelle qu'au mois de janvier S. M. l'Impératrice était
en Allemagne.

LE CHŒUR.

Du bonheur promis aux humains,
Tous deux sont la source féconde;
Et la foudre n'est dans leurs mains
Que pour donner la paix au monde.

UN LÉVITE ET UNE NYMPHE.

AIR:

C'est dans le glaive du grand Roi,
Que brille le pouvoir céleste :
Heureux le cœur sage et modeste
Qui révère et chérit sa loi !
Mais malheur aux rois inhumains
Dont l'orgueil brave sa colère !
Le sceptre, tombé de leurs mains,
Se brisera comme le verre.

AIR:

Les guerriers par Clio vantés
Ne faisaient qu'attrister la terre :
Les peuples aujourd'hui domptés
Dans leur vainqueur trouvent un père.
Les larmes de l'humanité
Jamais ne mouilleront son trône ;
C'est pour notre félicité
Que son front porte une couronne.

LE CHŒUR.

Les larmes de l'humanité
Jamais ne mouilleront son trône ;
Français, notre félicité
Est le fleuron de sa couronne.

S C È N E V et dernière.

Les Précédens, UN OFFICIER GÉNÉRAL, CORPS DE VÉLITES.

(Bruit du canon. Musique guerrière. Arrivée d'un Officier général à la tête d'un corps de Vélites. Marche militaire.)

L'Officier Général.

Du grand Roi, du grand Empereur,
Allons, jeunes guerriers, completer les phalanges :
    Allons mériter les louanges
    Que Mars promet à la valeur.
A sa voix, qui de nous, loin des champs de la gloire,
    Voudrait languir dans un obscur repos ?
    Sous les drapeaux du Dieu de la victoire
    Chaque Français est un héros.

Ensemble.

Le Corps de Vélites.
Du grand Roi, du grand Empereur,
Allons completer les phalanges :
Allons mériter les louanges
Que Mars promet à la valeur.

Le Chœur.
Du grand Roi, du grand Empereur,
Allez completer les phalanges :
Allez mériter les louanges
Que Mars promet à la valeur.

Le Ministre.
Napoléon autant que nous desire
    Et la paix et notre bonheur :
    Mais au bien auquel on aspire
    Faut-il sacrifier l'honneur ?

(19)

L'honneur?... que ce mot nous rallie ;
C'est l'apanage des Français ;
Il est l'espoir de la patrie,
Et le gage de nos succès.
NAPOLÉON offre la paix ;
Mais puisque Georges veut la guerre,
Contre lui lançons le tonnerre,
Poursuivons-le jusques dans ses foyers ;
Et dans l'ardeur qui nous embrase,
Qu'un juste châtiment l'écrase
Sous la masse de nos lauriers.

LE CHŒUR.

NAPOLÉON offre la paix ;
Mais puisque Georges veut la guerre,
Contre lui lançons le tonnerre,
Poursuivons-le jusques dans ses foyers :
Et dans l'ardeur qui nous embrase,
Qu'un juste châtiment l'écrase
Sous la masse de nos lauriers.

LUTÈCE.

Oui, mes amis, d'Amphitrite captive,
Allez briser les fers injurieux :
C'est par vos exploits glorieux
Que le monde unira le laurier à l'olive.
Vous deviendrez victorieux,
Nous vous préparerons une double couronne :
L'honneur en a formé le tissu précieux,
Et c'est l'amour qui vous la donne.

CORPS DE VÉLITES.

Oui, nous serons victorieux ;
Préparez-nous une double couronne :
D'un double éclat elle brille à nos yeux,
Quand c'est l'amour qui nous la donne.

CHŒUR DE NYMPHES.

(Elles ont à la main des guirlandes de fleurs. Cercle et
marches légères autour des Vélites.)

Soyez toujours victorieux,
Nous vous offrons une double couronne :
L'honneur en a formé le tissu précieux,
Et c'est l'amour qui vous la donne.

LE GRAND-PRÊTRE.

Vieux soldats et jeunes conscrits,
Volez tous aux champs de la gloire :
En lettres d'or vos noms seront inscrits
Au temple de mémoire.
Dans ce temple fameux, asyle des vertus,
Que de grands noms je vois éclorre !
César, Alexandre, Cyrus,
Disparaissez, vous n'êtes plus
Qu'une ombre du héros que notre cœur adore.
A sa voix, la licence fuit,
Tout prend une forme nouvelle ;
La lumière chasse la nuit,
La vérité renaît plus brillante et plus belle.
L'univers entend ses projets ;
Tout lui sourit, tout le seconde ;
Et l'honneur d'être ses sujets,
Flatte tous les peuples du monde.
Chaque matin de son cœur généreux,
Émane un décret salutaire :
Les Césars ravageaient la terre,
NAPOLÉON ne fait que des heureux.

LE CHŒUR.

Chaque matin de son cœur généreux,
Émane un décret salutaire :
Les Césars ravageaient la terre,
NAPOLÉON ne fait que des heureux.

L U T È C E.

Si Thémis quelque tems encore
Diffère d'exaucer nos vœux,
Ne faut-il pas, du mal qui nous dévore,
Extirper le germe odieux ?
D'une trève évitons l'amorce mensongère :
Hercule anéantit les monstres qu'il atteint.
Imitons sa prudence : un flambeau mal éteint
Ne sert qu'à rallumer les torches de Mégère.
Hâtons-nous de faire la paix.
Mais ne la faisons qu'avec gloire ;
Et n'arrêtons le char de la victoire
Que pour jouir toujours de ses bienfaits.

L E C H Œ U R.

D'un peuple qui ne vit que de ravages,
Nous abaisserons la fierté,
Et nous repousserons, dans ses antres sauvages,
L'ennemi de l'humanité.
Puisqu'il veut encore la guerre,
Contre lui, lançons le tonnerre ;
Poursuivons-le jusques dans ses foyers,
Et dans l'ardeur qui nous embrase,
Qu'un juste châtiment l'écrase
Sous la masse de nos lauriers.

L E M I N I S T R E.

C'est pour le bien, pour le bonheur de l'homme,
Que le grand Roi cueille tant de lauriers :
Rien ne l'égale et ses exploits guerriers
Ont effacé Sparte, Carthage et Rome.

CHŒUR DE VÉLITES.

Sous les yeux du grand Roi combattre est un bonheur,
    Heureux ceux qui peuvent le suivre !
    C'est en mourant au champ d'honneur,
    Que l'on est sûr de toujours vivre.

CHŒUR DE LÉVITES.

    C'est dans les vertus du grand Roi,
Que repose aujourd'hui l'éternelle justice ;
Sa sagesse nous a sauvés du précipice,
    Tout renaît, tout vit sous la loi,
    La vertu triomphe du vice.

CHŒUR DE NYMPHES.

NAPOLÉON victorieux
Est le trésor où notre espoir se fonde ;
    C'est de son règne glorieux
    Que date le bonheur du monde.
    De la Seine les bords charmans
    Par lui s'embellissent encore,
    Et les plus jolis monumens
    En feront le palais de Flore.

L'OFFICIER GÉNÉRAL.

L'Europe a besoin de son bras
Pour étouffer le démon de la guerre :
    Parmi nous ne l'attendons pas
    Qu'il n'ait pacifié la terre.
    Au dessus de tous les héros
    Qui sont tant pronés dans l'histoire,
    De la France il sera la gloire,
Et l'univers lui devra son repos.

CHŒUR FINAL.

Napoléon, des Rois est le parfait modèle ;
Confions-nous à ses soins généreux :
Son glaive de l'Europe éteindra la querelle
    Et le peuple le plus fidèle
    Sera sous lui le plus heureux.

BALLET.

*Dans le fonds du théâtre, on voit, sur quatre colonnes,
ces quatre inscriptions transparentes :*

Victoire, Espérance, Paix, Bonheur.

FIN.

De l'Imp. de P. NOUHAUD, rue du Petit-Carreau,
n.° 32, cour Lanoy et passage de l'Étoile.

[illegible]

[illegible] Derecho de [illegible]
[illegible] individuos a s [illegible]
el quarto del [illegible] a quella
No. 3 del año [illegible]

[illegible]

[illegible]

[illegible]